„Waren wir verabredet?"

-Zwei Tage voller Hausbesuche-

Über die Autorin

Stephanie Birckmann arbeitet seit vielen Jahren als Ergotherapeutin. Ihr Schwerpunkt ist die Arbeit mit neurologischen und geriatrischen Patienten. Mit ihren vier Kindern, einem Pferd, einem Hund und drei Katzen lebt sie in einem Bonner Vorort. Von ihr ebenfalls erschienen sind die Bücher:

- Plötzlich Pflegefall

- Sonniger Herbst

- Mann 17

- Die Abenteuer von Kallefrosch

Bibliografische Information der Deutschen Nationalbibliothek:
Die Deutsche Nationalbibliothek verzeichnet diese Publikation
in der Deutschen Nationalbibliografie; detaillierte
bibliografische Daten sind im Internet über dnb.dnb.de
abrufbar.

© 2019 Stephanie Birckmann
Herstellung und Verlag: BoD – Books on Demand, Norderstedt

ISBN: 9783749480449

Inhaltsverzeichnis

Vorwort

Seit über 20 Jahren fahre ich nun auf Hausbesuch. Ich besuche meine Patienten in ihrem eigenen Haus, der gemeinsamen Wohnung, im Seniorenheim, in einer betreuten Wohngemeinschaft oder im Krankenhaus. Viele der Damen und Herren begleite ich über Jahre, oder sogar Jahrzehnte und einige bis zu ihrem Tod. Die Geschichten die man mir im Laufe alle dieser Jahre erzählt hat, die Einblicke die mir gewährt wurden, die unterschiedlichsten Erfahrungen und Lebensumstände die diese Herrschaften erlebt haben, bewegten mich oft sehr. Manches bringt mich zum Lachen, vieles zum Nachdenken und einiges sogar zum Weinen. Besonders beindruckt bin ich angesichts der Zähigkeit und Tapferkeit insbesondere der älteren Generation, die noch den Krieg mit all seinen Entbehrungen und Opfern miterlebt haben und sich dennoch nie haben unterkriegen lassen. „Gejammert wird nicht" höre ich oft und lasse mir gerne stets aufs Neue beschreiben wie man bei Wind und Wetter täglich von Bonn nach Köln zu Fuß gegangen ist oder noch weitere Entfernungen mit einem alten klapprigen Fahrrad zurückgelegt hat. Natürlich hatte man auch nicht immer die passende Winterkleidung an, so wie unsereins heutzutage selbstverständlich mit Gore tex Kleidung und bequemen Wanderschuhen ausgerüstet so eine Wanderung antreten würde. Auch handelte es sich natürlich nicht um neue mehrgängige Fahrräder, sondern alte Klapperkisten die im Glücksfall eine funktionierende Bremse hatten. Alles kaum vorstellbar heutzutage, meine Kinder beklagen sich schon gelegentlich wenn sie den „weiten" Weg bis zur Bushaltestelle zurücklegen müssen. Wie selbstverständlich wurde früher gearbeitet, Kinder bekommen, der Haushalt ohne die ganzen modernen Hilfsmittel wie Waschmaschine, Spülmaschine, Trockner usw. geführt, OHNE zu jammern. Heute haben fast alle Rücken, Kopfweh und/oder Burnout. Kaum vorstellbar wie wir alle überhaupt mal 70 werden wollen! Die mittlerweile oft über 90jährigen beklagen sich auffallend selten und sind meist schon am frühen Morgen komplett angezogen vorzufinden. Trotz Arthrose, schlechtem Schlaf und sicherlich noch vielen anderen Alterserscheinungen stellen sie sich eisern jeden Morgen den Wecker, absolvieren die sich selbst auferlegten Pflichtprogramme (waschen, anziehen, zehn Kniebeugen, 8 Minuten aufs Heimfahrrad, 20 x die Arme kreisen lassen usw.) um dann frühzeitig mit allem fertig zu sein. Es könnte ja mal jemand unverhofft klingeln und dann wäre man nicht richtig angezogen. Was würde derjenige dann von einem denken…

Aber auch so manches Schicksal jüngerer Menschen ließ mich nachdenklich werden und nicht selten schämte ich mich, angesichts meiner eigenen Undankbarkeit und meines Anspruchsdenkens. Wie oft beschwere oder ärger ich mich über Nichtigkeiten wie verpasste Busse, lange Wartezeiten, nicht funktionierende Haushaltsgeräte oder Gewichtszunahmen – während der ein oder andere seit Jahren bettlägerig ist, täglich mit Schmerzen kämpft und dennoch immer ein freundliches Wort für mich parat hat wenn ich zu Besuch komme. Die folgenden Hausbesuche haben sich so oder so ähnlich zugetragen. Alle Personenbeschreibungen und Namen sind jedoch rein fiktiv gewählt. Ebenso wurden Ereignisse, Zeitpunkte und Orte stark abgewandelt.

TAG 1

„Es sind nicht die Jahre deines Lebens, die zählen. Was zählt, ist das Leben innerhalb der Jahre."

(Abraham Lincoln)

Kurzes Glück

„Das Leben ist kurz. Brich die Regeln, verzeihe schnell, küsse langsam, liebe wahrhaftig, lache hemmungslos und bedauere niemals etwas, das dich zum Lächeln gebracht hat." (Mark Twain)

„Nehmen Sie sich vor der in Acht! Die ist nur auf Krawall gebürstet!" gibt mir die Stationsschwester zusammen mit der Verordnung noch mit auf den Weg.

Die Dame, die ich an diesem Morgen in ihrem Zimmer aufsuche, schaut mich erwartend aus ihrem Rollstuhl an. Ich stelle mich kurz vor und biete ihr meine Unterstützung an. Ungeduldig und fast unwirsch bittet sie mich doch lieber endlich loszulegen. Im Seniorenheim wo sie nun seit fast 3 Wochen lebt, hat sie es sich mit den meisten Bewohnern und dem Pflegepersonal bereits verscherzt. Dabei fühlt sie sich nur falsch verstanden und will niemanden beleidigen oder gar verletzen, wie ich schon sehr bald herausfinde. Ihr manchmal etwas ruppiger Ton entsteht nur aus Frustration von Niemandem angehört oder ernst genommen zu werden. Keiner nahm sich bisher die Zeit ihr zu erklären, warum dies oder das mit ihr gemacht werden muss oder nicht gemacht werden kann. Dabei war sie doch bis vor kurzem ein selbständiger Mensch, hatte alles allein geregelt und niemanden um Hilfe bitten müssen. Schon bald erzählt sie mir, dass sie vier Kinder großgezogen hat und bereits drei Enkelkinder hat. Auch ein eigenes Haus mit großem Garten hätte sie ihr Eigen genannt. Dort hatte sie bis zuletzt einen großen Nutzgarten gepflegt und sich an der reichhaltigen Ernte erfreut. Salat, Tomaten, Bohnen, Kartoffeln, Kräuter, Äpfel, Birnen, Pflaumen, Himbeeren, Erdbeeren hatte sie Jahr für Jahr geerntet und eingekocht. Ihr ganzer Stolz jedoch waren ihre Rosen, diese blühten mehrere Monate im Jahr so üppig, dass oftmals Passanten vor ihrem Haus stehen blieben und die Blumen bewunderten, die dort so wundervoll in ihrem Vorgarten wuchsen. Das ein oder andere Gespräch war so wie von selbst entstanden und da sie immer schon ein sehr kommunikativer Mensch gewesen war, hatte sie sich oft auch nur in der Hoffnung auf ein nachbarschaftliches Gespräch vor dem Haus aufgehalten.

Mit ihrem damaligen Mann und den Kindern hatte sie viele glückliche Jahre in diesem Haus verbracht. Zeit ihres Lebens war sie Hausfrau und hatte sich mit viel Freude um die Kinder und den Haushalt gekümmert. Geheiratet hatte sie schon früh, weil „etwas unterwegs" war und es sich damals einfach nicht anders geschickt hätte. Wenn es auch nicht die große Liebe gewesen sei, habe man sich doch immer arrangiert und es sei nie ein böses Wort zwischen ihnen gefallen. Viel zu schnell waren die Kinder dann erwachsen geworden und einer nach dem anderen ausgezogen. Dann war ihr Mann erkrankt und schon bald danach gestorben. Erstmalig in ihrem Leben war sie nun allein in ihrem Heim und die Einsamkeit brach schon bald über sie hinein. Die ersten Tage und Wochen hatten sich die Kinder sehr um sie bemüht und abwechselnd war täglich eines der Kinder nach Hause gekommen. Aber das Leben ging weiter und die Kinder hatten nun ihr eigenes Zuhause, ihren Beruf, ihre

Verpflichtungen und nach und nach auch ihre eigenen Familien.

Während der einsamen Abendstunden versuchte sie sich mit Stricken, Häkeln, Malen und Töpfern zu beschäftigen, aber die Einsamkeit ertrug sie nur sehr schlecht. Auch wenn stets der Fernseher oder das Radio eingeschaltet war, konnte dies nicht einen realen Gesprächspartner ersetzen.

Als schon mehrere Jahre vergangen waren und sie sich schon fast – mehr schlecht als recht – mit dem Alleinsein abgefunden hatte, war ihr dann eine Annonce in ihrer Tageszeitung in die Hände gefallen: „Es ist nie zu spät für ein bisschen Glück! Rüstiger Witwer (73) sucht unternehmungslustige Dame für gemeinsame Unternehmungen." Wieso eigentlich nicht, hatte sie damals gedacht und dem unbekannten Herrn einen Brief geschrieben. Schon bald darauf hatte dieser sehr nett darauf geantwortet und ein Treffen vorgeschlagen.

„Wissen Sie, es war Liebe auf den ersten Blick!" vertraute sie mir später an und erzählte mir von diesem verregneten Novembernachmittag, als sie sich das erste Mal bei Kaffee und Kuchen getroffen hatten. Unvorstellbar glücklich seien sie gewesen und das in ihrem fortgeschrittenen Alter. Täglich hatten sie sich von da an getroffen, waren spazieren gegangen, hatten zusammen gekocht, Musik gehört und Spiele gespielt. Auf einer Wellenlänge und so glücklich miteinander waren sie, dass schon bald keiner mehr ohne den anderen sein wollte. Nicht lange darauf sei Erich dann zum Erstaunen ihrer Kinder bei ihr eingezogen. Seine eigenen Kinder lebten weit entfernt und konnten ihn nur selten besuchen. Einmal im Monat fuhr er mit seinem kleinen Auto bis an die Nordseeküste, wo beide Töchter mit ihren Familien lebten. Für ihn hatte bislang das kleine Appartement mit Garten ausgereicht. Aber nun hielt er sich gar nicht mehr darin auf.

Einerseits froh, dass ihre Mutter nun nicht mehr allein war und man selbst ein weniger schlechtes Gewissen hatte, wenn man es doch wieder einmal nicht geschafft hatte am Wochenende anzurufen oder vorbeizufahren, hatten die Kinder die ganze Geschichte erst belächelt und dann später skeptisch beobachtet. In dem Alter verliebe man sich doch schließlich nicht mehr! Würde Erich der Mutter nun auf der Tasche liegen? Warum musste er denn überhaupt einziehen? Was würde aus dem Haus, wenn Mutter mal tot wäre – würde er dann weiter darin wohnen?

Aber nach und nach hatten die Kinder sich auch wieder beruhigt …

„Wir waren so glücklich und hatten noch so viele Pläne! Und dann war von jetzt auf gleich alles anders und vorbei mit unserem Glück!" erzählt sie mir an einem anderen Tag, während ihr eine Träne die Wange hinunterläuft. Ich helfe ihr ein Taschentuch aus dem prall gefüllten Stoffbeutel, der an ihrem Rollstuhl befestigt ist, herauszuholen. Sie schnieft ein wenig und erzählt mir dann wie ihr beim Rosenschneiden plötzlich schwindelig geworden sei. Sie hatte die Rosenschere weggelegt und sich in den Gartenstuhl gesetzt. Danach war sie wohl ohnmächtig geworden, denn sie konnte sich an nichts mehr erinnern. Erst im Krankenhaus sei sie wieder zu sich gekommen. Die Nachbarin hatte zufällig beobachtet, wie sie aus dem Gartenstuhl fiel und sofort einen Rettungswagen gerufen. Ausgerechnet an diesem Tag war Erich zu seinen Kindern gefahren und kam daher erst am Abend mit bleichem Gesicht und zittrigen Händen ins Krankenhaus. Der Schreck stand ihm noch förmlich im Gesicht.

Darauf folgten lange Wochen im Krankenhaus, Rehaklinik und dann die Entscheidung, zumindest vorläufig einen Platz im Seniorenheim zu suchen. Durch den Schlaganfall war ihre linke Seite komplett gelähmt und es war ihr nach wie vor nicht möglich allein aufzustehen oder gar zu laufen. Auch hatte sie ihre Blase nicht mehr richtig unter Kontrolle. Wie also sollte es zuhause funktionieren? Schon, um ihr Haus zu betreten, müsste sie 4 Stufen hochsteigen und auch im Haus selbst müsste sie zum Bad und Schlafzimmer mehrere Stufen hinaufsteigen.

„Wissen Sie, ich möchte doch so gerne wieder nach Hause. Daheim habe ich meinen Erich und meinen Garten und all die schönen getöpferten Sachen. Ich habe sie alle selbst gemacht, Sie müssen dann unbedingt mal kommen und sich alles anschauen. Das wird doch wieder mit mir, oder was meinen Sie?" fragt sie mich dann.

In den folgenden Wochen und Monaten werden wir daran arbeiten. Vielleicht würde sie ja bald wieder laufen können und den Arm bewegen können und sich dann wieder allein behelfen können, das ist ihre und natürlich auch meine große Hoffnung.

Aber im Heim geht es ihr dann von Tag zu Tag schlechter. Deprimiert wartet sie eigentlich nur noch den ganzen Tag darauf, dass Erich endlich zu ihr kommt. Obwohl er täglich viele Stunden im Heim bei ihr verbringt, ruft sie ihn dennoch mehrfach stündlich an. Er ist immer gestresster und wird selbst krank. Es folgt ein Rückschlag nach dem anderen und ihr Ziel wieder nach Hause zu kommen, rückt in immer weitere Ferne. Auch die Kinder kommen nun seltener zu Besuch und natürlich wird sie selbst immer unzufriedener und ungeduldiger. Mit den Schwestern und der Zimmergenossin streitet sie täglich, um kurz darauf aus Verzweiflung wieder stundenlang zu weinen. Es folgen weitere Krankenhausaufenthalte, aber auch dort kann man ihr nicht helfen. Nach der letzten Krankenhauseinweisung kommt sie in einem völlig desaströsen Zustand zurück ins Heim. Sie erkennt mich kaum noch wieder und will auch nicht mehr üben. An diesem Tag sitze ich nur an ihrem Bett und halte ihre Hand.

Am Abend geht es ihr deutlich schlechter und man informiert ihren Freund, der kurz darauf mit dem ältesten Sohn erscheint. Sie liegt jedoch nur mit geschlossenen Augen da. Langsam merkt sie, wie jegliche Kraft aus ihrem Körper strömt. Sie ist nun müde des Kämpfens, des Aufbegehrens, des Lebens. Nur noch daliegen will sie und Erichs Hand halten. Nichts mehr hören, nichts mehr sehen, nur noch seine Wärme fühlen, nicht mehr lang dann hat sie es geschafft...Vielleicht würden sie sich wiederfinden, in einem anderen Leben...

Ein kurzes Aufseufzen, ein letzter Händedruck, ein tiefer letzter Atemzug...dann ist es plötzlich ganz ruhig im Zimmer...

Grob wird die Zimmertür aufgerissen und die grelle Zimmerbeleuchtung eingeschaltet. Die diensthabende Schwester tritt ans Bett und misst den Puls. „Der Arzt ist bereits benachrichtigt um die Sterbeurkunde auszustellen, ach so: Herzliches Beileid übrigens. Bitte nehmen Sie nachher die persönlichen Gegenstände gleich mit, damit sie nicht verloren gehen. Sie wissen ja, wir müssen das Zimmer gleich morgen wieder frei geben."

Frühlingserwachen

„Gib jedem Tag die Chance, der Schönste deines Lebens zu werden!" (Internet)

Der freundliche Herr mit dem schütteren Haar sitzt auch heute, wie so oft vor der Eingangstür des Heimes. Bei gutem Wetter hält er lächelnd der Sonne sein Haupt entgegen. Aber auch heute, in der eher unbeständigen Witterung begrüßt er mich sehr freundlich. „Gerade wollte ich schon anmerken, dass die Sonne sich heute wohl nicht blicken lässt, da erscheinen Sie auf der Bildfläche. Wie schön!" sagt er mit einem schelmischen Lächeln zu mir. Auch sonst hat er stets ein paar gute und liebevolle Worte für die Passierenden bereit. An manchen Tagen zaubert er Eier, Joghurts, Äpfel oder Mandarinen aus seiner Brusttasche. „Hier nehmen Sie, das ist ein feines Geschenk für Sie!" sagt er dann und ist beglückt über meine Freude. Oft bin ich in Eile, aber hin und wieder setzte ich mich zu ihm und wir plaudern ein bisschen über das Wetter und das Essen. „Kennen Sie meine Geschichte?" fragt er mich dann manchmal und ich verneine. „Die muss ich Ihnen irgendwann mal erzählen, nur ich weiß nicht wie. Denn eigentlich weiß ich gar nichts. Nur meinen Namen. Aber ich weiß nicht wer ich bin, was ich bin und woher ich bin.“

Manchmal begegnen wir uns auf einem der langen Flure im Heim. Und stets ist er von gleichbleibender Freundlichkeit, grüßt freundlich mit einem angedeuteten Diener, hält die Türe auf und wird der Komplimente niemals müde. Mit meiner Patientin sitze ich heute im Speiseraum, denn zwischen ihrem späten Frühstück und dem frühen Mittagessen bleibt sie nun immer öfters sitzen. Zu beschwerlich ist der Weg in ihr Zimmer, das vier Räume entfernt liegt. Wir spielen Letramix, ein Spiel bei dem aus gewürfelten Buchstaben Wörter gebildet werden sollen. Der nette Herr sitzt mit am Tisch und bringt sich nur zu gerne ein. Richtig viel weiß er und fragt, ob er mitspielen kann. Natürlich darf er das und schon bald unterhalten wir uns während des Spiels sehr angeregt. Über Dichter, Schriftsteller, Hemingway kommen wir nach Pamplona und zu den Stierkämpfen. Der alte Herr ist sehr belesen und immer noch sehr interessiert an allem Möglichen. Die Zeit verstreicht wie im Fluge und schon bald muss ich die Beiden verlassen.

Den netten alten Herrn werde ich nun eine ganze Weile nicht mehr sehen, denn das Wetter wird zunehmend schlechter. Mit meiner Patientin übe und unterhalte ich mich die nächsten Wochen auf ihrem Zimmer. Sie wohnt noch nicht lange in diesem Seniorenheim und ist nur ihres Bruders wegen hier hingezogen. Dieser wohnte nur wenige Minuten entfernt und hat sie bis zu seinem Tod vor ein paar Wochen regelmäßig besucht. Die alte Dame ist unverheiratet und kinderlos und erzählt mir gerne von ihrer Kindheit und davon, was sie alles mit ihren beiden Brüdern, die nun beide nicht mehr leben, ausgeheckt hat. „Ich hatte eine wirklich schöne Kindheit. Wir sind ja alle auf dem Bauernhof großgeworden", berichtet sie mir und schwärmt davon, wie sie auf den Kühen geritten sei und mit ihren Brüdern im Wald auf die Bäume geklettert sei. „Früher hat man ja noch draußen gespielt. Wir haben Kirschkernweitspucken und Schnitzeljagd gespielt. Es gab ja auch nichts, nicht so tolle Spielsachen wie sie heute verkauft werden. Ich habe mir lange Zeit eine Puppe gewünscht, aber es hat zwei Jahre gedauert, bis ich eine bekommen habe. Meine Eltern hatten das Geld ja auch nicht", erzählt sie mir. Aber sie seien dennoch alle glücklich gewesen, bis dann der Vater im Krieg gefallen sei und die Mutter immer nur noch geweint hätte. Die Brüder seien kurze Zeit später auch eingezogen worden. Sie habe dann viel zu Hause helfen müssen, auch später noch als der Krieg längst vorbei gewesen sei und die Brüder wieder zurückgekehrt waren, habe sie sich um den Hof und ihre Mutter gekümmert. Die Brüder hatten dann irgendwann geheiratet und der Hof musste verkauft werden. Mit ihrer Mutter, die mittlerweile zum Pflegefall geworden war, war sie dann in eine kleine Wohnung im Dorf gezogen. Einen Mann habe es nie gegeben, aber sie sei auch nicht wie die anderen am Wochenende zum Tanz gegangen und habe die Mutter nicht allein lassen wollen. „Nach

Mutters Tod habe ich mich dann auch einfach zu alt gefühlt", vertraut sie mir an. Auch wenn sie gut allein sein könnte, habe sie dennoch die anderen alle sehr um ihre Ehefrauen oder Ehemänner beneidet. Es sei einfach nicht schön, wenn man niemanden mehr habe und zu Keinem gehören würde. Dies sei ihr erst nach dem Tod der Mutter so richtig bewusst geworden und jetzt mit dem Tod des Bruders sei sie vollends allein.

Hier im Heim seien alle nett zu ihr, aber die meiste Zeit würde sie dennoch allein auf ihrem Zimmer verbringen. Sie möchte Keinen stören oder lästig sein, erklärt sie mir. In ihrem Zimmer stellt sie den Ton des Fernsehers so leise ein, dass sie das meiste nicht verstehen kann. Sie möchte aber auch nicht lauter drehen, damit sie die Zimmernachbarn nicht verärgert. Ein Leben lang hat sie Rücksicht geübt und sich selbst zurückgenommen, das merkt man immer wieder. Ich komme gerne zu ihr, auch wenn ich nicht viel für sie tun kann. Gemeinsam versuchen wir ein bisschen ihr Gedächtnis in Schwung zu bringen und Konzentration und

Merkfähigkeit zu üben. Sie freut sich immer wenn ich komme und ist sehr dankbar, still und leise. Es macht mich jedes Mal traurig, wenn ich sie dann wieder in der Einsamkeit des stillen Zimmers zurücklassen muss.

Erst Wochen später, als der Winter endlich vorüber ist und überall schon die ersten Knospen sprießen, sehe ich den freundlichen alten Herrn wieder. An diesem Tag steige ich beschwingt aus meinem Auto und gehe zum Eingang. Da sitzen sie nun, der alte Kavalier und „meine" nette alte Dame. Erst beim zweiten Blick sehe ich es; sie genießen gemeinsam die Frühlingssonne, Hand in Hand…

Schönes Kind

„Always, always, always believe in yourself,
because if you don`t, then who will, sweetie?"
(Marilyn Monroe)

„Schön, dass wir uns so gut verstehen, aber wir sind ja auch beide im gleichen Alter!" hatte sie gesagt, als wir an einem Spiegel vorbeikamen. Die alte Dame ist bereits 91 und sehr dement. Ich besuche sie an diesem Vormittag in ihrem neuen Zuhause, einem weiteren Heim aus dem sie nun vermutlich nicht mehr weglaufen kann. In der Vergangenheit war sie mehrfach unbemerkt aus diversen Seniorenheimen, in denen man sie untergebracht hatte, weggelaufen. Oft - nur mit Pantoffeln, Nachthemd und einer Handtasche bekleidet - war sie dann von der Polizei aufgegriffen und zurückgebracht worden. Nun hatte man sie in ein anderes Heim verlegt, wo man sie angeblich besser „unter Kontrolle" hätte. Dort sind die Ausgänge versperrt, damit keiner mehr allein die Station verlassen kann. Die Ausgänge sind von innen tapeziert und getarnt und anfänglich wundert sie sich noch woher ich komme und wohin ich gehe, wenn sie mich in den Flur begleitet. „Ja lass mich nur allein. Du kommst ja eh nicht wieder, so wie alle anderen auch!" sagt sie dann. Ich habe es schon lange aufgegeben, ihr zu erklären, dass ich stets wiederkomme und an welchen Tagen ich immer da bin, denn sie glaubt mir nicht. Dennoch erhellt sich ihr Gesicht jedes Mal wenn ich wiederkomme und sie ruft mir dann schon von weitem entgegen: „Da bist Du ja endlich! Ich dachte schon Du kommst nicht mehr. Ist ja schon wieder ein paar Jahre her, dass Du da warst. Dachte schon, Du hättest mich auch vergessen!"

Da ich weiß, wie gerne sie spazieren geht helfe ich ihr an diesem Vormittag in den Mantel und ziehe ihr feste Schuhe an. Ich melde sie bei der diensthabenden Schwester ab und spaziere mit ihr durch den angrenzenden Park. Dort ruft sie einem jungen Mann zu, er solle gefälligst nicht so gaffen, nur weil er zwei hübsche Mädels sieht. Der Mann schaut verwundert zu uns rüber, mir ist das Ganze ein wenig unangenehm.

In Laufe der Zeit hat mir die alte Dame das ein oder andere erzählt. Oft haben wir gemeinsam die Fotos angeschaut, die sie nun in ihrer Nachtischschublade aufbewahrt. Als ich sie vor einigen Monaten kennenlernte konnte sie mir noch erzählen, wer auf den Fotos zu sehen war. Nun erkennt sie die Personen meist nicht mehr und legt die Fotos in der Annahme, sie würden ihr nicht gehören, ihrer Zimmermitbewohnerin aufs Bett.

„Ich weiß gar nicht was ich hier soll?" fragt sie mich, als wir vom Spaziergang wiederkommen und ich sie wieder auf ihr Zimmer bringe. „Das ist nicht mein Zimmer und ich will hier auch nicht bleiben! Ich will mich auch nicht um den armen Mann kümmern! (Damit meint sie die alte Dame, die mit in ihrem Zimmer wohnt). Wenn der Doktor kommt, werde ich ihm das sagen. Ich gehöre hier nicht hin."

Früher hat sie mir viel erzählt, von der Mutter die viel zu früh gestorben war und wie der Vater mit den fünf Kindern völlig überfordert gewesen sei. Die älteste Schwester kümmerte sich zunächst sehr um die kleineren Geschwister, hielt es aber dann eines Tages nicht mehr aus und lief von zu Hause weg. Nun musste sie sich mit der jüngeren Schwester um die zwei kleinen Brüder kümmern. Viel Schläge und wenig Essen habe es gegeben. Und dann musste der Vater sie doch weggeben. Vermutlich habe er schon geahnt, dass man ihn bald abholen würde. Ein Kommunist sei er gewesen und die Mutter habe ihn zu Lebzeiten stets angehalten nicht so laut über seine politischen Ansichten zu sprechen. Aber er habe nicht damit aufgehört und sich auch immer wieder mit Gleichgesinnten getroffen und das Unvermeidliche sei dann auch später eingetroffen.

„Ein schönes Kind" sei sie gewesen, betont sie immer wieder und dass der Vater sie oft stolz mitgenommen habe. Der jüngste Bruder war dann in eine Familie gekommen und nur kurze Zeit später hatte der Vater sie und ihren Bruder gemeinsam auf einen kleinen Bauernhof gebracht. Die Familie hatte selbst drei Kinder, aber man habe sie nicht gut behandelt.

Aufgrund ihres guten Aussehens sollte sie im Hofladen aushelfen und hütete ansonsten die Tiere. Das habe ihr immer Freude bereitet, insbesondere die kleinen Gänse wären sehr süß gewesen und hätten als Küken in einem Wäschekörbchen auf dem Herd gestanden, damit sie es warm haben sollten. Später seien die Gänse ihr immer hinterhergelaufen, so als ob sie ihre Mutter sei. Im November seien sie dann geschlachtet und verkauft worden. Das sei sehr schlimm gewesen, aber geweint habe sie nicht.

Sonntags sei der Vater dann meist zu Besuch gekommen, aber die Bauersfrau habe oft geschimpft und mit ihrem Mann gestritten und dem Vater den angebotenen Kaffee und die Stulle nicht wirklich gegönnt. Dann sei der Vater plötzlich nicht mehr gekommen, dafür aber die große Schwester. Den Vater habe man abgeholt, hätte die Schwester ihr erzählt und dass er nun im Zuchthaus säße. Die Schwester habe geweint und sei dann wieder gefahren, danach habe sie ihre Schwester nicht mehr gesehen. Sie selbst sei dann weggelaufen. Bis zur Stadt sei sie gegangen und habe dort auf einer Bank geschlafen. Sie habe sich durchgefragt und da sie so ein schönes Kind gewesen sei, habe man ihr geholfen das Zuchthaus zu finden. Eine Stulle habe sie der Bauersfrau stibitzt, eine besonders dicke mit richtiger Butter darauf. Die hätte sie dem Vater bringen wollen. Aber man hätte sie nicht hineinlassen wollen. Gebettelt und gefleht hätte sie und dann hätte sich einer der Wärter doch erbarmt und den Vater geholt. Er habe nur ein Hemdchen getragen und versucht sich damit zu bedecken. Ganz mager sei er gewesen und die Augen hätten richtig hervorgestanden. Dann habe er geweint, aber dann wäre er auch schon wieder abgeführt worden. Die Stulle habe man ihr abgenommen, aber nicht dem Vater gegeben.

Ihren Mann hatte sie schon früh geheiratet. Er war älter und hatte ein gutes Auskommen beim Bund. Eine Liebesheirat sei es nicht gewesen, aber sie war froh endlich ein richtiges Zuhause zu haben. Dann waren die beiden Kinder auf die Welt gekommen. Ein Junge und ein

Mädchen. Ein Bild des Sohnes hängt über ihrem Bett. „Mein schöner Junge wollte Priester werden" erzählt sie mir und darüber wie stolz sie gewesen sei, als er von seiner Ausbildung erzählt habe und wie beliebt er bei den Jugendlichen gewesen sei. Dann habe man ihn zum Wehrdienst verpflichtet und er habe dorthin gehen müssen weil er nicht rechtzeitig verweigert habe. Ganz krank sei er dann plötzlich geworden, mit starken Bauchschmerzen und Fieber hätten sie ihn dort abholen sollen und wären direkt zum Krankenhaus durchgefahren. Aber dort hätte man nichts mehr für ihn tun können, es sei wohl der Blinddarm gewesen.

Die Tochter hätte schon vor vielen Jahren den Kontakt abgebrochen, sie würde nicht verstehen weshalb. Sie sei nun mit Mann und Tochter nach Bayern. Dabei hätte sie ihr nie etwas getan. Nur einmal hätte die Tochter sich furchtbar aufgeregt, als der Opa mit der Enkelin gebadet habe. Danach habe sie oft bei der Tochter angerufen, aber diese sei nie ans Telefon gegangen. Das mit Bayern habe sie auch nur über eine Freundin der Tochter erfahren.

Leider muss ich schon wieder weiter und reiche ihr noch ein Stück Schokolade, denn die isst sie sehr gerne. „Ja geh nur!" sagt sie, als ich mich verabschiede. „Tolle Freundin bist Du, dass Du mich hier alleine lässt" ruft sie mir noch hinterher. Als ich durch die Tapetentür gehe, winkt sie mir trotzdem…

All you need is love

„Es gibt Augenblicke im Leben, in denen du jemanden brauchst, der mehr an dich glaubt als du selbst" (Go feminin)

„Kannst Du mir mit den Nägeln helfen? Mein Freund kommt gleich und ich wollte mir noch die Nägel lackieren!" begrüßt mich die junge Frau an der Haustür. Sie gehört zu den wenigen Ausnahmen, mit denen ich „per Du" bin. Anders als viele meiner Kollegen und Kolleginnen sehe ich das nicht so eng. Viel mehr kommt es immer darauf an, mit wem man es zu tun hat und man kann trotzdem professionell bleiben auch wenn man sich nicht immer mit „Frau Schmidt" und „Herr Müller" anredet. Viele meiner Patienten können sich nur sehr schlecht Namen behalten, einen Vornamen jedoch können sie sich besser merken. Wir siezen uns dann trotzdem und je nach dem spreche ich sie dennoch weiter mit dem Familiennamen an, oder benutze auch den Vornamen.

Meine Patientin ist noch recht jung und leidet seit einigen Jahren an MS. Seit ein paar Wochen hat sie einen Freund und unsere Gespräche drehen sich seitdem um ihn. Ich freue mich sehr für sie und helfe ihr natürlich gerne dabei sich für den bevorstehenden Besuch schön zu machen.

Nachdem wir Nägel lackiert und die Haare mit dem Lockenstab bearbeitet haben, gehen wir gemeinsam ein paar Schritte durch den langen Hausflur des Mehrfamilienhauses. Den Rollator schiebe ich dieses Mal, denn voller Motivation versucht sie ein paar Schritte ohne diese Hilfe zu gehen. Ich bin glücklich, dass sie wieder motiviert ist und nicht mehr ganz so verzweifelt in die Zukunft blickt. Das war nicht immer so. Obwohl sie noch keine 30 Jahre alt ist, hat sie schon eine ganze Menge hinter sich. Vom Stiefvater als kleines Mädchen missbraucht, von der Mutter geschlagen, hatte sie schon mit 19 Jahren geheiratet um von zu Hause weg zu kommen. Die angefangene Ausbildung zur Einzelhandelskauffrau hatte sie abgebrochen, als sich bald darauf ein Baby ankündigte.

Obwohl das junge Paar nicht viel Geld hatte, denn ihr Ehemann hatte keine feste Anstellung und hielt beide mit kleineren Gelegenheitsjobs über Wasser, erwarteten beide sehnsüchtig die Ankunft des Babys und hatten in ihrer kleinen Wohnung bereits alles dafür hergerichtet.

Etwa zwei Wochen vor dem errechneten Geburtstermin hatte sie dann über mehrere Stunden keine Bewegungen des Babys mehr gespürt. Beunruhigt war das junge Paar dann ins Krankenhaus gefahren. „Dann sei alles ganz schnell gegangen", hatte sie mir damals erzählt. Das Baby hatte sich mit der Nabelschnur stranguliert und konnte nur noch tot aus dem Mutterleib geholt werden. An die darauffolgenden Wochen und Monate erinnert sich meine junge Patientin nur noch wage, zu groß war der Schock über den Verlust des Babys, ein kleines Mädchen, wie sie später erfuhr. Mit starken Schlaftabletten, Psychopharmaka und viel Alkohol habe sie versucht, den Schmerz zu betäuben, aber es sei ihr nie wirklich gelungen. Wenig später zerbrach dann auch die Ehe. Völlig allein und verzweifelt war sie dann eines Tages vor ihrer Wohnungstür zusammengebrochen und von Nachbarn ins Krankenhaus gebracht worden. Danach habe sie sich geschworen, ihr Leben wieder in den Griff zu bekommen. Sie suchte sich ein kleines Appartement und fand Arbeit im Supermarkt. Die Bezahlung war nicht toll, aber es reichte für Miete und Essen. Es wäre hart gewesen, berichtet sie mir damals, aber seit langem das erste Mal, dass sie wieder etwas empfunden hätte.

Eines Morgens auf dem Weg zur Arbeit sei ihr dann plötzlich das Bein weggerutscht, so als hätte ihr jemand ein Beinchen gestellt. Anfangs habe sie sich noch nichts dabei gedacht, aber die Vorfälle, bei denen plötzlich ein oder beide Beine versagen, häuften sich. Die Hausärztin, die sie daraufhin aufgesucht hätte, habe erst einmal vermutet, es läge noch an der seelischen Belastung. So arbeitete sie also erst einmal weiter und versuchte nicht darüber nach zu denken. „Du glaubst gar nicht, wie k.o. ich immer war. Ich habe es nach der Arbeit kaum noch zum Bett geschafft und bin meist ohne etwas zu essen und oft sogar noch mit Klamotten eingeschlafen. Ich habe auch tierisch abgenommen in dieser Zeit, so anstrengend war es", erzählt sie mir über diese Zeit. Nach ein paar Monaten jedoch begannen auch die Arme Probleme zu machen und immer öfters passierten ihr „peinliche Dinge" im Supermarkt, wie beispielsweise ein Gurkenglas, dass ihr beim Einräumen aus der Hand rutschte oder eine Weinflasche die ihr versehentlich vom Kassenband fiel. Eines Morgens wachte sie dann auf und sah alles nur noch verschwommen. Die Hausärztin überwies sie daraufhin ins Krankenhaus und dann in eine Fachklinik für Neurologie. Nach eingehenden Untersuchungen diagnostizierte man MS. „Damals wollte ich wirklich nicht mehr weiterleben!" hatte sie mir erzählt. Aber das hätte nicht ihrer Natur entsprochen. Denn sie war und blieb eine Kämpfernatur. Es folgten einige Jahre, die immer wieder von Rückschlägen, Depressionen aber auch Willensstärke und kleineren Erfolgserlebnissen geprägt waren. „Auf gar keinen Fall in den Rollstuhl!" hatte sie sich immer wieder gesagt und daher trotz Schmerzen und Stürzen auf jegliche Hilfe und Hilfsmittel verzichtet. Sie verbrachte mehrere Stunden täglich mit Internetrecherchen und machte sich mit ihrem Krankheitsbild vertraut. Sie probierte alternative Heilmethoden aus, besuchte eine Selbsthilfegruppe und versuchte ihr Leben wieder in den Griff zu bekommen.

Als ich sie kennenlernte, hatte sie der Krankheit schon für eine ganze Weile getrotzt. Allerdings fühlte sie sich damals sehr allein und befürchtete durch ihre Erkrankung auch für immer allein bleiben zu müssen. Eine Weile hatte sie mit der Vorstellung geliebäugelt auf eine Kontaktanzeige im Internet zu reagieren. „Aber spätestens beim ersten richtigen Treffen, wäre ja dann aufgefallen wie wackelig ich auf den Beinen bin. Vermutlich hätte ich dann vor lauter Aufregung erst recht den Kaffee verschüttet. Das hat doch so alles keinen Sinn. Wer will schon eine wie mich haben?" hatte sie mir damals erzählt.

Dann hatte sie durch Zufall ihren neuen Freund kennen gelernt. Einfach so hatte er sie angesprochen und nach dem Weg gefragt, als sie gerade vom Einkaufen kam. Und dann habe er ihre Nummer haben wollen und man habe sich geschrieben, telefoniert und getroffen. Für ihren Freund sei ihre Erkrankung kein Problem, er würde sie so lieben wie sie sei und sogar dafür bewundern, wie sie damit umginge.

Dem kann ich nur beipflichten, denn ich bewundere sie auch von ganzem Herzen und wünsche ihr alles Glück dieser Erde. Gemeinsam decken wir noch den Tisch für später, dann gehe ich glücklich zum Parkplatz.

Dingsda

„Bekomme ich mal Alzheimer, wünsche ich mir jemanden, der mir jeden Morgen ein Cape umhängt und mir erzählt, ich war mal ein Superheld!"
(Horrorklinik)

Es ist Kaffeezeit im Demenzzentrum, wo ich schon seit einer Weile mit meiner Patientin im Aufenthaltsraum sitze. „Heute Morgen kam schon wieder Einer, den kenne ich, habe ich Ihnen doch von gelaufen (sie meint vermutlich: erzählt) mit dem Dingens und dann wollte er Dingsda und ich habe so gemacht (sie ballt die Fäuste und streckt sie mir entgegen) und da hat er Angst gesagt (sie meint wohl: bekommen) und Dingsda, dann war er wieder (sie meint wohl: weg). „Wissen Sie, ich kann Dingsda und nicht bleiben, hier wird man ganz durcheinander". Sie beugt sich vor und flüstert nun: „Ich glaube, hier sind alle verrückt". Ich nehme Ihre Hand in meine und will sie ein bisschen beruhigen, jedoch muss ich die alte Dame stattdessen schnell von ihrem Stuhl reißen. Ein Mitbewohner, der während unseres Gespräches hinzugekommen war, hatte soeben seine Hose geöffnet und urinierte neben diesen Stuhl.

Wir gehen auf ihr Zimmer. An den Wänden hängen viele Bilder längst vergangener und scheinbar glücklicher Zeiten. Die alte Dame als junge und wunderschöne Frau, zusammen mit ihrem Mann beim Tanz, am Strand und in den Bergen. Mit Kindern und Enkeln in fröhlicher Runde und sehr viele andere Fotos. Sie freut sich darüber und betrachtet sie gerne mit mir, auch wenn alle nur noch „Dingsda" sind.

Früher führte sie ein glückliches und erfülltes Leben. Sie hatte schon früh geheiratet und es nie bereut. Ihr Mann, den sie schon mit 16 Jahren kennen und lieben gelernt hatte, trug sie Zeit seines Lebens auf Händen und las ihr jeden Wunsch von den Lippen ab. Aus der Ehe gingen zwei Söhne hervor und die kleine Familie lebte glücklich in einem kleinen Reihenhaus in der Vorstadt. Liebevoll kümmerte sie sich um die Kinder und den Haushalt, während ihr Mann im Nachbarort eine gut bezahlte Tätigkeit als Apotheker ausübte. In den Ferien fuhren sie zum Camping nach Holland, Frankreich oder Spanien und leisteten sich nach ein paar Jahren sogar einen kleinen Wohnwagen, auf den sie alle sehr stolz waren. Auch als die Söhne längst erwachsen, berufstätig und eine eigene Familie hatten, traf man sich noch oft zu gemeinsamen Aktivitäten und Urlauben und natürlich kamen die Kinder auch häufig mit ihren neuen Familien die Eltern besuchen. Als ihr Ehemann dann eines Tages in Rente ging, schafften sich die Eheleute einen kleinen Dackel an. Gemeinsam unternahmen sie nun viele ausgedehnte Spaziergänge. Wenn kein Besuch kam und auch auf keines der mittlerweile drei Enkelkinder aufzupassen war, verbrachten sie ihre freie Zeit ansonsten mit Knobeln. Das hatte ihnen beiden schon immer viel Spaß gemacht. Dann erlitt ihr Mann von einem auf den anderen Tag plötzlich und unerwartet einen Herzinfarkt und starb noch auf dem Weg zum Krankenhaus.

In den Monaten danach hatte sie dann immer weiter abgebaut und war schon nach kurzer Zeit nicht mehr allein zurechtgekommen, wie mir einer der Söhne anfänglich berichtet hatte. Immer häufiger hatte man nach der Mutter schauen müssen, zuletzt mehrfach am Tag. Mal sei ein Schlüssel weggekommen, dann sei das Portemonnaie plötzlich unauffindbar gewesen, der Herd nicht abgeschaltet, die Mutter im Nachthemd auf der Straße gewesen und lauter solche Vorfälle. Zuletzt sei man schon hochgeschreckt, wenn nur das Telefon geklingelt habe und keiner der Söhne oder Schwiegertöchter habe dies noch leisten können.

Lange hatten sie damals mit sich gerungen, weil sie die Mutter nicht abschieben wollten und diese auch in früheren gesunden Jahren immer betont hatte, dass sie niemals freiwillig in ein Heim gehen würde. Aber es hätte einfach keine andere Lösung gegeben.

Nun besuchte die ganze Familie sie abwechselnd so oft wie möglich im Heim und allem Anschein nach fühlt die alte Dame sich dort auch sehr wohl. Sie scheint sich zuhause zu fühlen, obwohl sie nicht weiß wo sie ist. Alles scheint ihr vertraut und irgendwie doch nicht. Der Schrank, das Bett sehen anders aus, der Tisch, die Kommode, die Bilder an der Wand, die Puppen im Regal…alles vertraute und geliebte Gegenstände aus ihrem ehemaligen Zuhause. Die Mitbewohner im Heim sind fremd und doch wieder nicht; sie ist sich nicht sicher woher sie sie kennt und verwechselt sie oft mit längst verloren geglaubten Bekannten aus einer früheren Zeit.

Als ich gehe umarmt sie mich und ermahnt mich vorsichtig zu fahren. Ich frage mich, ob man trotzdem glücklich sein kann, obwohl man sich an nichts mehr erinnert.

Mitgefangen, Mitgehangen

„Niemand rettet uns, außer wir selbst. Niemand kann und niemand darf das. Wir müssen selbst den Weg gehen." (Buddha)

Für meinen vorletzten Hausbesuch an diesem Tag fahre ich etwas weiter hinaus aufs Land. Ich genieße die schöne Aussicht auf die Felder, links und rechts neben der Fahrbahn. Das Haus, das meine Patientin mit ihrem Mann bewohnt liegt in einem kleinen idyllischen Vorgebirgsdörfchen. Die Rosen ranken satt neben der Eingangstür. Auf mein Klingeln schlägt Bello der große Schäferhund an.

Heute ist Frau P. in guter Verfassung und erzählt mir sogar einen Witz, den sie im Radio gehört hat. Ich freue mich, dass sie einen guten Tag hat, denn ihr Leben ist gewiss nicht einfach. Sie hat ihren Mann schon mit 19 Jahren geheiratet. Beide hatten sich bei einem Geburtstag einer gemeinsamen Freundin kennen gelernt und auf den ersten Blick ineinander verliebt. Das junge Paar hatte viele Zukunftspläne und träumte von einem großen

Haus mit vielen Kindern und Tieren darin. Da die Beiden nicht unvermögend waren, hatten sie bereits vor der Hochzeit mit dem Hausbau angefangen. Es folgte eine richtige Traumhochzeit mit vielen Gästen, Kutschfahrt und einem langen wallenden weißen Spitzenkleid. Am Tag darauf begab man sich auf die Hochzeitsreise. Allerdings fühlte sich die junge Frau schon nach wenigen Tagen sehr schlecht. Sie war schlapp und litt unter starken Augenschmerzen. Von den geplanten Ausflügen während der Reise konnten sie nur wenige wahrnehmen und brachen die Reise vorzeitig ab. Nur langsam habe sie sich damals wieder erholt und nach ein paar Monaten gar nicht mehr darüber nachgedacht, erzählte sie mir. Erst als es dann nach fast einem Jahr wieder passierte, plötzlich und ohne Vorwarnung. Sie war gerade beim Einkaufen, da man für den Abend Gäste erwartet hatte und wollte die Einkäufe in ihrem Kofferraum verstauen, als plötzlich ihr Bein nachgab und sie um ein Haar gestürzt wäre. Immer häufiger passierte dies nun und machte ihr große Angst. Ihr behandelnder Hausarzt, den sie anfänglich aufgesucht hatte, konnte ihr auch nicht helfen und hatte sie wieder nach Hause geschickt. Schon bald traute sie sich kaum noch aus dem Haus. Ihr Mann habe sie dann in eine Neurologische Klinik in Süddeutschland gebracht, wo dann erstmalig das Wort: „MS" gefallen sei. In den nächsten Jahren verschlechterte sich ihr Zustand rapide und trotz der häufigen Cortison-Behandlungen ging es ihr oftmals so schlecht, dass sie nur noch im Bett liegen konnte. Die ersten Jahre seien furchtbar gewesen, erzählte sie mir am Anfang unserer Arbeit. Sie hätte oft tagelang nur weinen können, so verzweifelt sei sie gewesen. Obwohl sie schon drei Jahre später nicht mehr im Stande war allein zu laufen, schien sie sich im Laufe der Jahre immer mehr mit ihrem Schicksal arrangiert zu haben. Wir lernten uns erst kennen, als sich auch ihre Konzentration und ihre Merkfähigkeit soweit verschlechterte hatte, dass sie die Namen ihrer Geschwister manchmal vergaß, etwas das ihr schwer zu schaffen machte. „Durch die MS ist alles anders gekommen und es ist nicht leicht. Aber was nutzt es mir, wenn ich den ganzen Tag heule und mich beklage. Davon wird es auch nicht besser und glücklicher werde ich dadurch auch nicht" sagte sie mir einmal.

„Ich begleite Sie noch hinaus!" sagt Herr P. als ich mich verabschiede. „Ich habe in der Gruppe jemanden kennengelernt. Sie hat auch einen kranken Mann und versteht die Situation. Morgen Nachmittag treffen wir uns wieder, wir tun uns gegenseitig gut. Können Sie das verstehen?" Ich nicke, denn natürlich verstehe ich dies nur allzu gut und freue mich für ihn. In der Vergangenheit haben wir uns schon oft über dieses Thema unterhalten. Seine Worte hatten mich damals sehr zum Nachdenken bewogen, als er sagte, dass die meisten Menschen nicht realisieren, dass nicht nur das Leben des Erkrankten, sondern auch das seines Partners zerstört wird. Er habe als sehr junger Mann geheiratet und seine Frau immer von ganzem Herzen geliebt. Daran hätte sich auch bis heute nichts geändert. Aber er hätte auch von Kindern geträumt und von einem erfüllten Leben, mit einer Frau an seiner Seite. Auch habe er, wie vermutlich alle Männer ganz natürliche Bedürfnisse. Das sei alles sehr schwierig, denn er wolle seine Frau auf keinen Fall verletzen und sei daher oft von Schuldgefühlen geplagt. In der Selbsthilfegruppe, die er seit vielen Jahren besuche würden diese Themen auch nur ansatzweise thematisiert, hatte er mir erzählt. Ich versichere ihm, dass ich mir kaum einen liebevolleren und geduldigen Ehemann als ihn vorstellen kann und er meiner Meinung nach, so wie jeder Mensch Recht auf ein bisschen Glück hat.

Auf der anschließenden Autofahrt zum nächsten und letzten Hausbesuch denke ich darüber nach wie glücklich ich mich schätzen kann. Auch ich habe immer schon von einem Haus voller Kinder geträumt und konnte dies alles in die Tat umsetzen. Ich weiß nicht, was gewesen wäre, wenn ich oder mein Mann erkrankt wären und ich auf all dies hätte verzichten müssen. Eins weiß ich jedoch ganz gewiss, ich wäre ein ganz schrecklicher Zeitgenosse geworden. Ungeduldig, unausstehlich, missgünstig, unglücklich und noch vieles mehr. Und wieder frage ich mich, wie kann man das alles ertragen…

Träume

„Some people look for a beautiful place – others make a place beautiful" (Hazrat Inayat Khan)

Seit vielen Jahren hatte sie diesen immer wiederkehrenden Traum und ihn dennoch nie verstanden. Von Wasser habe sie geträumt und sei dann schweiß gebadet hochgeschreckt. Immer wieder sei der Traum gekommen und oftmals hätte sie danach nicht mehr einschlafen können. Das schlechte Gefühl danach sei oft erst am nächsten Tag wieder verschwunden. Dabei habe sie das Wasser doch seit jeher geliebt. Nichts Schöneres habe sie sich schon als Kind vorstellen können, als ein Urlaub am Meer, ein Sonnentag am See oder ein Nachmittag im Schwimmbad zu verbringen…

Erst lange Zeit „danach" und als die Träume schon längst aufgehört hatten, war sie gewahr worden, was es damit auf sich hatte…

Es war später Nachmittag als ich die mir mitgeteilte Adresse endlich gefunden hatte. Nur wenig Information hatte ich von meinem damaligen Chef erhalten: „Männlich, 24, dysappalisches Syndrom benötigt dringend Ergotherapie mit Hausbesuch". Die nette Dame, die mir öffnet ist mir auf Anhieb sympathisch. Bevor sie mir ihren Sohn vorstellt erzählt sie mir was ihm vor einigen Monaten zugestoßen ist:

Auf dem Rückweg von einer Tanzveranstaltung war er mit seinen Freunden am Abend zurückgefahren und von der Fahrbahn abgekommen. Das Auto war dann in einen kleinen Fluss gefahren und sofort untergegangen. Die Freunde hätten sich befreien können, er jedoch sei zu lange unter Wasser gewesen, bevor man ihn hätte bergen und wiederbeleben können.

Trotz eines langen Krankenhausaufenthaltes und monatelanger Rehabilitation habe man nicht mehr viel für ihn tun können. Inwieweit er noch etwas mitbekommen würde sei ebenso fraglich. Aber die Familie wolle alles Menschenmögliche dafür tun, dass es ihm so gut wie möglich gehen würde. Vielleicht könne ich es ja schaffen mit ihm in irgendeiner Weise zu kommunizieren.

Nachdem ich dem Sohn einen Besuch am Krankenbett abgestattet habe, besprechen wir bei einer Tasse Kaffee die weitere therapeutische Vorgehensweise. Ich bin zu tiefst beeindruckt von dieser liebevollen Mutter, die mir im Laufe der nächsten Jahre sehr ans Herz wachsen wird und mich stets mit ihrem Kampfgeist, Mut, Tapferkeit und Güte beeindrucken wird und trotz all ihrer Sorgen und ihres Leids immer geduldig und liebevoll bleiben wird. Sie wird in der Zukunft bei meinen wöchentlichen Besuchen stets ein nettes Wort und ein Lächeln für mich bereithalten: „Wie geht es ihren Kindern"" wird sie dann fragen und alles genau berichtet haben wollen vom Kindergarten, dem Schnupfen des Sohnes und vom zahnenden Baby. An diesem Nachmittag sitzen wir noch lange zusammen und sie erzählt mir wie sich dieser schreckliche Unfall auf ihr Leben und das ihrer Familie ausgewirkt hat. Wie es sie jeden Tag aufs Neue fast umbringt, ihren Sohn leiden zu sehen und dass sie sich beinahe schuldig fühlt, wenn sie kurz etwas genießt oder über etwas lacht. Auch Kontakte habe sie kaum. Anfangs sei noch hin und wieder der ein oder andere vorbeigekommen. Aber die Unterhaltungen seien mühsam gewesen und meistens hätte sie förmlich spüren können, wie die Besucher aufgeatmet hätten, sobald sie das Haus verlassen hätten. Früher hätten sie viele Freunde gehabt, berichtet sie und das Haus sei immer voll gewesen. Jeder der drei Kinder hätte Freunde und Freundinnen mitgebracht und sie und ihr Mann hätten einen großen Freundeskreis gehabt. Nun können sie das Haus nicht verlassen, denn selbst wenn Tochter oder Sohn sie für ein paar Stunden ablösen kämen, hätte sie keine Ruhe. Sie nutze die Zeit dann lieber dafür, mal für ein paar Minuten die Augen zuzumachen, oder im Garten nach dem Rechten zu sehen. Ihre beste Freundin habe sie anfangs immer noch täglich angerufen und gedrängt, doch endlich mal etwas für sich selbst zu tun. „Du musst doch auch mal an Dich denken!" oder „Es gibt doch auch Heime extra für solche Behinderten" –

nicht einmal den Namen des Sohnes hätte sie dabei ausgesprochen, als wenn er ein Aussätziger wäre. Die Telefonate seien dann irgendwann auch ausgeblieben, vermutlich könne die Freundin als Kinderlose gar nicht verstehen, wie es sich für sie als Mutter anfühlt und wie sie es nicht aushalten kann, ihren Sohn so zu sehen. Zu wissen, dass er niemals wieder laufen würde, niemals lesen, lachen, glücklich sein. Dabei habe er ja noch das ganze Leben vor sich gehabt. Sie habe keine Tränen mehr, wäre eigentlich nur noch wie erstarrt, erzählt sie mir dann. Aber so wolle sie nicht sein und sicherlich würde sie sich auch nicht unterkriegen lassen. Viel Kraft schöpfe sie aus ihrer Familie, den zwei gesunden Kindern und den Gesprächen mit ihrem Mann. Auch sei sie ein gläubiger Mensch und würde viel beten.

Wir beide haben die Zeit vergessen, so vertieft waren wir in unserem Gespräch. Es ist schon beinahe Abend und ich muss mich beeilen. Es war mein letzter Hausbesuch an diesem Tag und ich muss auf dem Rückweg noch dringend einkaufen und überlegen, was ich den Kindern zum Abendessen kochen werde...

In der Nacht...

"Ich möchte wie Gandhi sein und wie Martin Luther King und John Lennon. Aber ich möchte am Leben bleiben." (Madonna)

Albtraum

„Am Ende wird alles gut. Wenn es nicht gut ist, ist es nicht das Ende" (Oscar Wilde)

Mitten in der Nacht schrecke ich schweißgebadet aus einem Traum. Es dauert eine Weile bis ich wieder halbwegs zu mir komme und realisiere, dass alles in Ordnung ist. So echt und beängstigend war mein Traum, dass mir noch lange das Herz pocht und erst in der frühen Morgendämmerung schlafe ich wieder ein. Während ich frühstücke kommt mir der vergangene Traum bruchstückweise wieder ins Bewusstsein. Dort war ich aus unerklärlichen Gründen plötzlich im Krankenhaus erwacht. Konnte mich nicht mehr bewegen und auch nicht verständlich machen. Wurde gefüttert, gewickelt und gelagert. Ich versuchte zu fragen, was passiert sei, wo ich wäre, wann meine Familie käme und was für ein Tag es sei, aber niemand konnte mich verstehen. Als ob ich eine andere Sprache sprechen würde. Im Traum weinte ich in meiner Verzweiflung, aber die Krankenschwester zuckte nur mit den Achseln und sagte: „Gewöhnen Sie sich lieber daran, dies ist nun ihr neues Zuhause".

Was für ein Albtraum! Und wie glücklich ich mich schätzen darf, gesund und munter daraus aufzuwachen!

Gleich heute Abend werde ich mich um eine Patientenverfügung kümmern, nehme ich mir vor. Ich möchte gerne alles Wichtige aufschreiben und Vorkehrungen treffen für den Fall aller Fälle…Denn wie sagte schon Mahatma Gandhi: „Die Zukunft hängt von dem ab, was Du heute tust."

TAG 2

„Das Leben ist voller Elend, Einsamkeit und Leid, und es ist viel zu schnell vorüber."

(Woody Allen)

"Et hätt noch immer allet jot jejangen

Rheinisches Grundgesetz: §1 ET ES WIE ET ES / §2 ET KÜTT WIE ET KÜTT/ § 3 ET HÄTT NOCH IMMER ALLET JOT JEJANGEN / § 4 WAT FOTT ES, ES FOTT / § 5 ET BLIEV NIX WIE ET WOR / § 6 KENNE MER NIT, BRUCHE MER NIT / § 7 WAT WELLSTE MAACHE / § 8 MACH ET JOT, ÄVVER NIT ZE OFT / § 9 WAT SOLL DÄ QUATSCH / § 10 DRINKSTE ENE MIT? / § 11 DA LAACHSTE DICH KAPOTT (Internet)

Am nächsten Morgen breche ich schon früh auf. Mein erster Hausbesuch führt mich in eine abgelegene Straße am Waldanfang. Der alte Herr geht schon auf die 95 zu, wirkt aber wesentlich jünger. Lustige, wache Augen funkeln in seinem faltigen Gesicht, als er mir die Tür öffnet: "Kommen Sie rein, ich freue mich! Aber ehrlich gesagt, habe ich keine Ahnung wer Sie sind. Waren wir verabredet?"

Geduldig erkläre ich ihm auch an diesem Morgen wieder, wer ich bin und warum ich ihn besuchen komme. „Ja kann man da denn noch etwas machen?" fragt er mich auch heute, als ich ihm erkläre, dass wir sein Gedächtnis und die Merkfähigkeit ein bisschen trainieren wollen. „Das wäre ja toll, ich vergesse nämlich so viel in letzter Zeit!" Aber bevor wir wirklich loslegen können, vergeht auch heute wieder viel Zeit, denn es gibt noch eine Menge Dinge, die er mir gerne erzählen möchte. Selten habe ich so einen lebensfrohen, temperamentvollen und humorvollen Mann kennen gelernt. Auch jetzt noch im hohen Alter scheint er mit beiden Beinen auf der Erde zu stehen und auch wenn das Gedächtnis ihn nun immer öfters im Stich lässt, ist er dennoch interessiert und hat einen klaren, wachen Verstand. Wenn ich mich mit ihm unterhalte, vergesse ich sein wahres Alter, so jung, energiegeladen, unternehmungslustig und wissbegierig erscheint er mir. Obwohl er schon so viel erlebt hat und so vieles durchstehen und allein zu bewältigen hatte, ist er dennoch absolut unvoreingenommen und wirkt in seinen Ansichten moderner und liberaler als mancher 30Jährige. Ich bin wie immer absolut beeindruckt und höre gerne was er von Früher zu erzählen hat.

1923 als viertes von insgesamt 12 Kindern geboren, wuchs er in einem kleinen Dorf in der Eifel auf. Er war ein sehr verspieltes Kind und brachte sich selbst das Mundharmonika Spielen bei. Die Eltern gingen trotz vieler Arbeit und wenig Geld stets sehr liebevoll mit den Kindern um. Seine Kindheit sei schön gewesen und auch mit den Geschwistern habe man sich meist gut verstanden. Leider war seine Mutter zuckerkrank und litt unter einem offenen Bein und verstarb darum auch in sehr jungen Jahren. Der Vater bemühte sich nach Kräften den Kindern dennoch eine schöne Kindheit zu ermöglichen, aber dann sei ja auch bald schon der Krieg gekommen. Die älteren Brüder hätten sich im Wald versteckt, weil sie nicht eingezogen werden wollten. Aber das habe ihnen nicht geholfen. Später habe man ihn dann ja auch eingezogen. Aber vorher habe er noch mitbekommen, wie nach dem Bombenalarm oft die Toten vor den Häusern gelegen haben und dort habe er auch seinen besten Freund gefunden. Das Bild verfolge ihn noch bis heute.

Wie seine Geschwister und die meisten seiner Freunde fuhr er mit dem Fahrrad den langen Weg zur Schule im Nachbarort. Die Fahrräder hatten oft keine Reifenummantelung und die Kinder waren im Winter zu dünn bekleidet und teilweise sogar ohne richtige Schuhe.

Ein guter Freund verlor deshalb auch im Winter sein Ohr, denn er trug keine Mütze und das gefrorene Ohr fiel ab, als er es berührte. Natürlich weiß ich nicht ob sich dies wirklich so zugetragen hat, oder nur in seiner Erinnerung.

Aber es gab auch viele schöne Erlebnisse, von denen er mir an anderen Tagen erzählte, so wie die Geschichte der frechen Ziege, die heimlich ins Haus lief, wenn man nicht aufpasste und die Topfpflanzen auffraß und die einst sogar im Beiwagen des väterlichen Motorrades mitfuhr.

Geschichten von abenteuerlichen Schlittenfahrten, Baumhausbauten im Wald, stundenlangen Fußwanderungen in ein weiter entferntes Dorf um ein hübsches Mädchen wieder zu sehen.

Nun wird er bald 95, hat schon so viel gesehen und erlebt in dieser Welt. Hat den Krieg überstanden und sogar die zweijährige Gefangenschaft, hat hart gearbeitet all die Jahre in der Fabrik und dort keinen einzigen Tag gefehlt. Hat geheiratet, ein Haus gebaut, einen Garten angelegt und drei Kinder großgezogen. Mittlerweile sind alle Geschwister schon längst tot, die Ehefrau verstorben, die Kinder weit weggezogen. Freunde, ehemalige Arbeitskollegen, Sportkumpel und Nachbarn – alle um ihn herum sterben nach und nach, so, dass er schon gar keine Lust mehr hat zum Briefkasten zu gehen, aus Angst die nächste Todesanzeige dort zu finden. Aber dennoch lässt er sich nicht unterkriegen. „Wissen Sie, ich habe mich nie beklagt! Niemals, denn das wäre auch nicht in Ordnung. Man sollte es nicht als Selbstverständlichkeit erachten, wenn es einem gut geht. Danach habe ich gelebt."

Ein sehr weiser Mann...

Vergangene Liebe

„Auf dem Boden der Tatsachen liegt eindeutig zu wenig Glitzer" (Internet)

Durch einen kleinen Vorgarten erreiche ich den Eingang des Reihenhauses in einem typischen Vorort. Die junge schlanke Ehefrau öffnet mir die Tür. Sie sieht müde aus, fast schon ein wenig verhärmt. Ich solle durchkommen, ihr Mann sei im Wohnzimmer und würde mich schon erwarten. Der große gutaussehende Mann sitzt im Rollstuhl, auf dem Kopf trägt er einen Helm. Ich besuche ihn nun schon zum dritten Mal und freue mich, dass er heute anscheinend ein bisschen gesprächiger ist. Die anderen Therapeuten hatte er bislang alle erfolgreich „in die Flucht geschlagen", wie mir seine Frau anfänglich berichtet hatte. Mein Patient ist durch seinen – durch einen Verkehrsunfall mit starker Hirnverletzung ausgelösten – Schlaganfall an den Rollstuhl gefesselt und hat völlig resigniert. Er möchte „keine blöden Übungen machen", nicht über seine Behinderung reden, keinen Besuch bekommen und auch nicht das Haus verlassen, hatte er mir beim ersten Besuch zu verstehen gegeben.

Die Stimmung im Haus ist, so wie auch die beiden anderen Male sehr bedrückend. Zwischen den Eheleuten herrscht ein sehr rauer Umgangston, wie ich schon früh feststelle. Auch heute ist es wieder stickig durch den ganzen Zigarettenrauch, denn beide sind sehr starke Raucher. Ich kann mir nicht vorstellen, dass man in dieser Atmosphäre wieder gesund werden kann. Sicherlich muss sich da erst mal eine ganze Menge ändern und vor allem muss er es selbst wollen. Daher höre ich ihm an diesem Tag einfach nur zu. Zuerst nur zögerlich, erzählt er mir schon bald wie er seine Frau bei einer Tanzveranstaltung kennen gelernt habe und wie gut man sich auf Anhieb verstanden habe. Schon bald seien sie zusammengezogen und dann habe er ihr bald darauf vorgeschlagen zu heiraten. Dem Staat wolle er nun wirklich nichts schenken und da sei es steuerlich doch wesentlich günstiger, wenn man verheiratet sei. Die erste Zeit wäre auch alles ganz schön gewesen. Nach der Arbeit habe man gemeinsam gegessen und Fernsehen geschaut und sei gelegentlich auch mit Arbeitskollegen in die Kneipe gegangen. Nach dem Unfall (ein Zusammenstoß seines LKWs auf der Autobahn mit einem PKW) sei seine Frau sehr besorgt gewesen und habe ihn täglich im Krankenhaus und in der Reha besucht. Da hätten sie auch beide noch Hoffnung gehabt, er würde wieder gesund. Nun aber würde es immer schwieriger und weder er noch seine Frau würden daran glauben, dass es je wieder besser würde. Wenn weder der Pflegedienst noch der Zivi da wäre, würde sie ihn jetzt immer nur noch anschreien. Lieben würde man sich schon lange nicht mehr und er frage sich, ob es ohne den blöden Unfall anders gelaufen sei.

Was für eine schreckliche Situation, denke ich mir, aber ich weiß nicht recht wie ich ihm helfen kann. Ich kann ihm nur ein stets offenes Ohr schenken und auf seine körperlichen Probleme eingehen. In dieser bedrückenden und angespannten Atmosphäre ist es vermutlich fast unmöglich wieder richtig auf die Beine zu kommen. Bedrückt verabschiede ich mich bis zur nächsten Woche und gehe zum Parkplatz.

Lebensretter

„Es gibt Fotos, die könnte ich stundenlang anschauen, in der Hoffnung diesen Moment noch einmal erleben zu können." (Internet)

Das Krankenbett steht mittig im ehemaligen Wohnzimmer der Familie. Der Patient ist vom Hals abwärts gelähmt und wird beatmet. Die Verständigung funktioniert nur mühsam über Flüstern oder Mimik. Rund um die Uhr 24/7 muss dieser Mann, der noch keine 50 ist, betreut werden. Nach und nach habe ich im Laufe der Zeit alle Familienmitglieder, zu Besuch kommende Verwandte, Freunde und ehemalige Arbeitskollegen kennengelernt. Und natürlich habe ich auch immer mehr über die Geschichte dieses ungewöhnlichen Mannes erfahren. Dieser war schon als Kind sehr lebhaft und sportlich und bereitete seinen Eltern viel Aufregung. Kein Baum war ihm zu hoch um hinauf zu klettern, kein Abhang zu steil um mit dem Fahrrad hinunter zu sausen. Er spielte leidenschaftlich Fußball, fuhr Rennrad,

Skateboard, spielte Tennis und Squash, fuhr Ski und ging klettern.

Mit seinem besten Freund fuhr er an einem eisigen Wintertag auf dem zugefrorenen See Schlittschuh. Als dieser plötzlich auf dem Eis einbrach und zu ertrinken drohte, rettete der damals gerade 8jährige ihm das Leben. Mutig hatte er sich dazu flach auf das Eis gelegt, sich vorsichtig bis zur Unglücksstelle heranbewegt und ihn dann mit beiden Armen herausgezogen. Beide hatten großes Glück, dass das übrige Eis nicht nachgegeben hatte.

Mit zweiundzwanzig Jahren, er hatte damals gerade Schule und Wehrdienst beendet, fuhr er mit ein paar Freunden zelten. Die jungen Männer hatten ihre Zelte an einem Seeufer aufgestellt. Hier wollten sie das Wochenende verbringen, wollten baden, grillen und feiern. Am ersten Abend ging es dann wohl auch recht feuchtfröhlich daher und zwei der jungen Männer entschlossen sich zu einer Mutprobe. Dabei wollten sie bis zum anderen Seeufer schwimmen. Die anderen drei jungen Männer standen am Ufer und schauten zu. Bereits nach kurzer Zeit hatte einer der Schwimmer den anderen abgehängt und schwamm zügig auf das gegenüberliegende Ufer zu. Der andere tauchte jedoch plötzlich unter. Bevor noch die anderen jungen Männer realisiert hatten, dass ihr Freund anscheinend in Not geraten war, sprang mein P. ins Wasser. Mit großen zügigen Schwimmbewegungen hatte er bald die Stelle erreicht. Sein Freund war gerade zum dritten Male wieder herabgetaucht, als er ihn zu fassen bekam und mit ihm ans Ufer zurückschwamm. Wie sich später herausstellte, hatte der junge Mann einen Schwächeanfall erlitten und wäre ohne Hilfe jämmerlich ertrunken.

Viele Jahre später – mittlerweile arbeitete er als erfolgreicher Jurist in einer angesehen Kanzlei, hatte bereits geheiratet und war stolzer Vater einer kleinen Tochter – rettete er auf einem Betriebsfest seinem Kollegen das Leben. Dieser hatte sich offensichtlich an einem Hühnerknöchelchen verschluckt und drohte zu ersticken, als er ihn kurzerhand vom Stuhl hochriss und auf den Rücken schlug.

Für ein paar Jahre schien auch für ihn alles perfekt zu laufen. Im Beruf erfolgreich, privat überglücklich, sportlich aktiv und mit einem großen Freundeskreis gesegnet, wähnte er sich als sehr glücklichen Mann. Dann starb seine Frau bei einem Verkehrsunfall und er blieb mit der Tochter allein. Es folgten sehr harte Jahre für ihn, aber er ließ sich nicht unterbekommen. Er arbeitete hart und widmete jede freie Minute seiner Tochter. Erst als diese einen Studienplatz in einer anderen Stadt angenommen hatte, widmete er sich in seiner Freizeit wieder dem Sport. Dort lernte er dann auch seine zweite Frau kennen. Diese war ebenso unternehmungslustig und sportbegeistert wie er und gemeinsam unternahmen sie viele schöne Dinge. Den beiden halbwüchsigen Söhnen war er ein liebevoller Stiefvater und unterstützte sie wo immer er konnte. Schon bald machte er seiner Freundin einen Heiratsantrag, denn er wollte seine neue Familie auch finanziell abgesichert wissen. Richtig glücklich fühlte er sich in dieser Zeit, alles „lief rund" im Job, in der Familie – denn auch seine Tochter aus erster Ehe verstand sich gut mit seiner neuen Frau und mit deren Söhnen und kam oft und gerne zu Besuch. Alles hätte gut und gerne noch so weitergehen können…

Die Tragödie ereignete sich am zweiten Hochzeitstag. Man hatte den Sommerurlaub schon von langer Hand geplant, denn auch seine Tochter mit ihrem Verlobten wollte zum Urlaubsort nachkommen und sich dort erholen aber auch an einem großen Teil der geplanten Freizeitaktivitäten teilnehmen.

Nach einem ausgiebigen Frühstück auf der sonnendurchfluteten Hotelterrasse begab sich die komplette Familie an diesem schicksalsträchtigen Tag mit Badesachen, Taucherflossen, Schnorcheln und Picknickkorb an die felsige Bucht ihres Urlaubsortes. Dort wollten sie den Tag mit schwimmen, tauchen und faulenzen verbringen. Nachdem alle Badehandtücher ausgebreitet waren, der Sonnenschirm aufgestellt und alle mit Sonnencreme eingerieben waren, widmete er sich für eine kurze Weile seinem Roman. Für den Urlaub hatte er sich zwei Bücher mitgenommen, die schon lange auf seiner Liste standen, denn normalerweise kam er einfach nicht zum Lesen. Schon bald jedoch wurde er unruhig, denn Müßiggang war er nun mal nicht gewohnt. Die Jungs waren unterdessen schon mit einem Ball ins Wasser gegangen und wie er vom Strand aus sehen konnte, hatten sich ihnen schon zwei junge Mädchen angeschlossen, da wollte er auf keinen Fall stören. Seine Tochter schien, ebenso wie ihr Freund auf dem Strandtuch eingeschlafen zu sein. Seine Frau war in ihre Lektüre vertieft. Daher entschied er sich ein bisschen auf den Felsen im Wasser herum zu klettern. Sicherlich würde man von oben eine schöne Aussicht haben. Er war noch gar nicht so richtig weit geklettert, als er jedoch auf einem glitschigen Stein ausrutschte und derart nach hinten aufschlug, dass er das Bewusstsein verlor. Seine Frau, die regelmäßig von ihrem Buch aufgeblickt hatte um nach den Söhnen im Wasser und nach ihm auf den Klippen zu schauen, hatte sich anfänglich kurz darüber gewundert, dass ihr Mann diese ihr unbequem anmutende Stellung zum Sonnen eingenommen hatte. Erst nach einer Weile realisierte sie, dass etwas nicht zu stimmen schien. In heller Aufregung war sie dann mit seiner Tochter und deren Freund hochgeklettert und hatte ihren Mann ohnmächtig vorgefunden. Fast eine Stunde hatte es dann gedauert, bis die alarmierten Rettungskräfte eingetroffen waren und ihn vorsichtig mit einer Bahre zum Strand gebracht hatten. Es folgte eine lange Fahrt zum Krankenhaus und endlose Untersuchungen. Erst nach vielen Stunden kam er wieder zu sich und konnte sich an nichts mehr erinnern. Glück im Unglück hatten sie, da das Krankenhaus über eine ausgezeichnete Neurologie Station verfügte und ihm somit vermutlich das Leben rettete. Anfänglich hatte die Familie immer noch gehofft, dass er wieder vollständig genesen würde und die Bewegungsunfähigkeit nur durch Schwellungen des Rückenmarks hervorgerufen wäre. Schon bald stellte sich jedoch heraus, dass die Verletzungen im Bereich der Halswirbelsäule so massiv waren, dass er für immer ans Bett gefesselt und bewegungsunfähig bleiben würde. In dieser Zeit wuchs die Familie noch enger aneinander. Die Verständigung mit dem Verletzten war anfangs sehr schwierig und die von der Logopädin empfohlene Sprechkanüle lehnte er aufgrund der damit verbundenen Schmerzen ab. Mit der Zeit lernte die Familie jedoch damit umzugehen und setze alles daran ihn nach Hause zu holen. Sie versuchten ihn weitestgehend wieder in den normalen Alltag zu integrieren.

Zum Zeitpunkt meines ersten Besuches bei ihm, lag der Unfall bereits über zwei Jahre zurück. Trotz ständiger Beschwerden und Schmerzen mit der Beatmungskanüle, Schluckbeschwerden und Kopfschmerzen, hatte er dennoch stets ein Lächeln für mich übrig, wenn ich zur Tür hereinkam. Tapfer erduldete er die Behandlung und blieb stets freundlich und geduldig. Auch seinen Freunden und seiner Familie gegenüber versuchte er stets gute Miene zum bösen Spiel zu machen und zeigte sich ihnen für jeden Handgriff dankbar.

Voller Bewunderung für diesen starken Mann verlasse ich auch an diesem Tag das Haus. Wie schön wäre es doch, wenn es ein Wundermittel gäbe, das ihn heilen könnte.

Preis der Liebe

„Manchmal brauchen wir einfach nur jemanden der uns sagt: Egal, wir machen das jetzt." (Internet)

Es regnet in Strömen, als ich in der stark befahrenen Straße nach einem Parkplatz suche. Ich fahre zweimal im Kreis und entschließe mich dann in einer Seitenstraße zu parken. Als ich endlich mein Ziel, ein etwas von der Straße zurückliegendes Mehrfamilienhaus erreiche, bin ich klatschnass. Drinnen werde ich jedoch sofort herzlich empfangen und bekomme ein Handtuch, einen heißen Kaffee und einen Platz an der Heizung angeboten. Außer dem Handtuch benötige ich jedoch nichts und nehme sogleich Platz am Küchentisch. Die Wohnung ist klein aber sehr gemütlich. Auf dem Tisch brennt eine Kerze, im Hintergrund läuft leise klassische Musik. In dieser schönen harmonischen Atmosphäre macht es gleich nochmal so viel Spaß mit den beiden - denn sowohl Er als auch Sie sind meine Patienten- zu arbeiten. Das Pärchen – er

72, sie 69 hatte sich in der Rehaklinik kennengelernt und obwohl man sich anfangs gar nicht so sympathisch war, dennoch den Kontakt gehalten. „Was für ein unfreundlicher Mann!" hätte sie anfangs gedacht, hatte mir Frau L. über ihre erste Begegnung mit ihrem Freund in der Cafeteria der Rehaklinik erzählt. „So eine blöde Ziege!" hatte Herr B. dagegen gedacht und sich die nächsten Tage beim Essen an einen anderen Tisch gesetzt. Dabei hatte es sich nur um ein Missverständnis gehandelt. Herr B. hatte sich nämlich gar nicht, wie Frau L. damals angenommen hatte, vordrängeln und ihr den Weg mit dem Rollator abschneiden wollen. Er hatte sie schlichtweg gar nicht wahrgenommen, als sie von rechts herankam, denn er hatte einen starken Neglect. Frau L. hatte sich daraufhin direkt gewehrt und ihn einen ungehobelten Rüpel genannt, das hatte er natürlich mitbekommen, auch wenn er damals nichts dazu gesagt hatte.

Dann hatten sie sich jedoch nach der Rehaklinik auf der Beerdigung einer gemeinsamen Bekannten, die sie beide unabhängig voneinander in der Klinik kennen und schätzen gelernt hatten, wieder getroffen und waren ins Gespräch gekommen, da sie beide sonst Niemanden auf der Trauerfeier kannten. Und für beide völlig überraschend, hatte man sich doch eine ganze Menge zu erzählen und fand sich gar nicht mehr so unsympathisch.

Es folgten viele lange Telefonate und einige Wochen später ein Treffen. Sie seien beide sehr aufgeregt gewesen, an diesem lauen Frühlingstag, als man sich in der Eisdiele verabredet hatte. Und ein paar Schmetterlinge hätten sie wohl auch beide im Bauch verspürt. Nach dem Eis seien sie noch im Park spazieren gegangen und gefahren: Sie mit Rollator, er mit dem Rollstuhl und da sei eigentlich auch schon klar gewesen, dass man ein Paar sei. Nicht lange darauf waren sie dann zusammen-gezogen und hatten es bis dato niemals bereut. Ihr Mann habe ihr, die schönste Liebeserklärung gemacht, die man sich vorstellen kann, erzählte sie mir eines Tages. Nach einem romantischen Abendessen zu zweit (denn trotz seiner Behinderung würde er oft und gerne für sie kochen) habe er ihr gesagt: „Wenn alles Vorbestimmung ist und ich wirklich erst schwer erkranken und im Rollstuhl sitzen musste, um Dich dort in der Klinik kennen zu lernen, dann war es das alles trotzdem wert und ich bereue es nicht. Du machst mich zum glücklichsten Mann auf Erden. Möchtest Du mich heiraten?" Und natürlich habe sie dann „Ja" gesagt und schon kurz darauf hätten die Hochzeitsglocken geläutet. Familie und Freunde seien anfangs skeptisch gewesen und hätten ihr teilweise sogar von einer Hochzeit und überhaupt von einer Verbindung mit einem Mann, der „noch behinderter als sie selbst" sei abgeraten, aber zum Glück hätte sie nicht darauf gehört. Außerdem kämen sie ja auch gut allein zurecht, das was der Eine nicht könnte, würde dem Anderen meist gelingen und mittlerweile wären sie ein perfektes Team und bräuchten so gut wie keine Hilfe von außerhalb.

Heute haben wir feste Übungsprogramme geplant, die ich erst mit ihr und anschließend mit ihm durchführen werde. Es ist für sie sehr anstrengend, aber wir haben trotzdem viel Spaß dabei und lachen viel. Die Beiden sind einfach lustig und entspannt, das ist immer wieder erstaunlich.

Denn trotz ihrer Behinderungen und den damit verbundenen Einschränkungen, trotz des Verzichts auf so viele Möglichkeiten, trotz der ständigen Schmerzen sind sie einfach nur glücklich miteinander.

Eine Stunde später verlasse ich die Beiden wieder und laufe zum Auto. Der Regen hat noch nicht wieder aufgehört, aber ich fühle mich sehr beschwingt.

Dem wo tot ist

„Manchmal erkennst du den wahren Wert eines Momentes erst, wenn er zur Erinnerung wird"
(Internet)

Für meinen heutigen letzten Hausbesuch fahre ich in ein kleines Seniorenheim. Das Haus ist schön und ruhig am Rande eines Vorortes und Wald gelegen. Die ältere Dame die ich dort besuche, lebt nun seit einem halben Jahr hier und hat bereits viele Kontakte. Sie ist zu allen stets sehr liebenswürdig und hat für ihre Mitmenschen immer ein nettes Wort übrig. Da sie noch recht mobil ist, nimmt sie gerne an den hausinternen Veranstaltungen teil. Sie besucht die Sitzgymnastik, den Gesprächskreis, die Rätselrunde, Bingo und ist engagiertes Chormitglied. In der restlichen Zeit schaut sie gerne die bei den Senioren gängigen Fernsehsendungen wie „Rote Rosen", „Sturm der Liebe", „Nur Bares ist Wahres" etc. an. Natürlich liest sie die Tageszeitung und gerne auch die ein oder andere Illustrierte. Daher ist sie auch immer bestens informiert, was sich gerade in den Königshäusern tut. Wer sich mit wem trifft, wer wen heiraten will und wer endlich schwanger ist. Manchmal kommt sie nicht sofort auf den Namen und will es mir trotzdem erklären. „Na, das ist doch dem wo tot ist ihr Sohn. Der macht ja auch Sachen. Und nun will er heiraten. Ja – ach Mensch so vergesslich bin ich heute wieder – das Diana meine ich doch und dem ihr Sohn." Ich freue mich, dass sie mir so viel erzählt und heute offenbar guter Dinge ist. Das ist nicht immer so, denn das letzte Jahr war sehr hart für sie. Nicht nur der Tod ihres Mannes, sondern auch der Verkauf des Hauses, in dem sie mit ihrem Mann und den zwei Söhnen so viele Jahre gelebt hatte, haben sie tief getroffen. „Eigentlich bin ich froh, dass mein Mann tot ist", vertraut sie mir an. „Dann muss er das mit dem Haus wenigstens nicht mehr miterleben." Sie erzählt mir, wie sehr sie das Haus geliebt hätten und wie stolz und aufgeregt sie damals gewesen seien, als sie das Häuschen gekauft hätten. Damals hatte es fast frei im Feld gestanden, erst im Laufe der Jahre seien alle die vielen Häuser hinzugekommen. 61 Jahre hätten sie in diesem Haus gewohnt und sich dort so wohl gefühlt.

Die Söhne seien beide als Hausgeburt dort zur Welt gekommen und als sie später ausgezogen seien, hätte man dennoch ihre alten Kinderzimmer für sie bewahrt, in der Hoffnung, dass sie oft zu Besuch nach Hause kommen würden. Dann war ihr Mann erkrankt und bald darauf gestorben. Bis zur letzten Minute war sie bei ihm geblieben und hatte versucht ihm sein Leiden und den Abschied zu erleichtern. Danach hatte sie sich sehr einsam gefühlt und auch Herzprobleme bekommen. Der Arzt hatte sie daraufhin ins Krankenhaus einweisen lassen und den Söhnen geraten, die Mutter dauerhaft vielleicht besser in einem Seniorenheim unterzubringen, als allein zuhause wohnen zu lassen. Natürlich hatte sie, verständig und rücksichtsvoll wie sie war, die Sorge der Söhne verstanden und schließlich eingewilligt in ein Heim zu ziehen. Aber obwohl es sich um ein gutes Heim handelt und alle dort wirklich freundlich zu ihr und sogar das Essen ok ist, leidet sie sehr unter dem Verlust des Hauses und all der schönen Dinge, die sie dort im Laufe eines Lebens angeschafft hatte. In ihr Zimmer im Heim konnte sie natürlich nicht viel mitnehmen. Ein Tisch, ein Sessel, eine Kommode, ein Beistelltischen, ein paar Bilder und Fotografien für die Wände, die Lieblingsblumenvasen und einen winzigen Teil des Porzellans, die selbstgestrickte warme Decke, ein paar gestickte Tischdecken und Läufer, die Fotoalben - und selbst hierfür ist schon kaum noch Platz. Das ist sehr hart und treibt ihr oft die Tränen in die Augen. „Ich darf nicht wieder anfangen zu weinen", sagt sie mir dann oft und hat Angst, dass die Kinder es bemerken. „Wenn ich am Sonntag wieder weinen muss, dann kommt mein Sohn nicht mehr zu Besuch, hat er gesagt", erzählt sie mir und fühlt sich schuldig, dass sie ihre Kinder belastet und ihnen durch ihre Tränen ein schlechtes Gewissen macht. „Die Kinder haben ja ihre eigenen Probleme und nun müssen sie sich um alles kümmern mit dem Haus. Das muss ja komplett ausgeräumt werden und dann muss ja alles geregelt werden mit dem Geld und ich habe doch keine Ahnung davon. Alles was mit Geld zu tun hat und das ganze Schriftliche, hat doch immer mein Mann gemacht. Ich kenne mich da doch gar nicht mit aus. Dann darf ich doch nicht wieder zu heulen anfangen, wenn einer der beiden am Wochenende kommt." Und tapfer wischt sie sich dann die Tränen aus dem Gesicht und versucht sich wieder auf die Therapieübung zu konzentrieren. Ich kann sie gut verstehen; es muss sehr hart sein seine vertraute Umgebung zu verlassen und noch viel schwerer, wenn es ein eigenes Heim war, das man vielleicht mit entworfen hat, oder umgebaut, renoviert und es nach den eigenen Vorstellungen geplant und eingerichtet hat, der Garten den man gehegt und gepflegt hat. Und all die Erinnerungen…die Striche am Türrahmen an denen man die Kinder gemessen hatte; die Kitsche auf der Bodenfliese als der Großmutter bei ihrem letzten Besuch der Milchkrug gefallen war; der Ölfleck an der Wand, als dem Vater die Ölsardinendose vom Tablett gerutscht war (und wie sie sich später alle vor Lachen die Bäuche halten mussten, weil es so lustig ausgesehen hatte); die selbstgebastelten Figürchen der Kinder aus Kindergarten- und Schulzeit liebevoll und stolz im Wohnzimmerregal aufbewahrt; all die kleinen Väschen und Krüge und sonstige Urlaubssouvenirs; das selbstgeschnitzte Vogelhäuschen im Garten und all die kleinen Dingen, an denen ihr Herz hing.

Viel zu schnell ist die Zeit schon wieder um und ich muss los. Zum Abschied drückt sie mir noch eine Illustrierte in die Hand. „Lesen Sie die mal, ich habe sie schon durch. Da steht alles über die Victoria drin. Die mag ich doch so gern."

Nachwort:

An dieser Stelle möchte ich mich ganz besonders bei meinen Patienten bedanken, die mich für dieses Buch inspiriert haben. Wie ich schon erwähnt habe, haben sich die Geschichten alle so ähnlich zugetragen, aber selbstverständlich habe ich Orte, Personen und Zeitpunkte stark abgewandelt. Im Laufe der Jahre habe ich viel von meinen Patienten gelernt. Viele haben mich mit ihren Erfahrungen und ihrer Lebensweisheit beeindruckt. Immer wieder jedoch war und bin ich erstaunt über die Geduld und Leidensfähigkeit mancher Menschen, der Tapferkeit mit der sie ihr oft schweres Schicksal annehmen und des starken Lebenswillen, mit dem es der ein oder andere doch immer wieder schafft Berge zu versetzen. Natürlich möchte ich an dieser Stelle auch meinen Kindern danken, die mich wie immer bei all meinen Projekten unterstützt haben. Ganz besonders danke ich meiner Tochter Lena und ihrem Freund Julian, die mir beim Entwurf dieses Buches sehr geholfen haben.